오늘의 사랑을 영원히 지키고 싶은 사람을 위한 책

오늘, 사랑에 빠져 가슴 설레는 사람에게

어느 오후 스쳐지나는 바람이 들려주는 이야기

프리드리히 지음

지성과문학

오늘, 사랑에 빠져 가슴 설레는 사람에게

어느 오후 스쳐지나는 바람이 들려주는 이야기

오늘의 사랑을 영원히 지키고 싶은 사람을 위한 책

오늘, 사랑에 빠져 가슴 설레는 사람에게
어느 오후 스쳐지나는 바람이 들려주는 이야기

프리드리히

지성과문학

✻ 오늘, 사랑에 빠져 가슴 설레는 사람에게

오늘, 사랑에 빠져 가슴 설레는 사람에게

어느 오후 스쳐지나는 바람이 들려주는 이야기

1. 사랑의 진정한 가치는 무엇인가

❋ 오래된 거짓말

사랑의 제 1 가치는 삶을 아름답게 한다는 것이다.
사랑을 통해 우리 인생 최고점에 도달할 것이다.

우리는 사랑을 너무 과장한다.
사랑하지 않으면 아름답지 못할 것이라는 생각을 오랫동안 버리지 못한다.
시인들의 오래된 거짓말이다.

오늘, 사랑에 빠져 가슴 설레는 사람에게

✽ 어느 오후 스쳐지나는 바람이 들려주는 이야기

사랑은 삶을 아름답게 하기보다는, 지금 우리 삶 모두를 만든다.
그는 우리를 악하게도 선하게도 변화시키고
생을 장식하고 또 망가뜨린다.

사랑은 아름다운 다색(多色)의 저녁놀 속 하늘이 아니라,
태양이 중천에 뜬 아무렇지도 않은 보통 하늘이다.

평범하고 소박한 모습으로, 남들에 비하면 조금 초라할 수도 있는 모습에서
깊은 사랑의 색조가 보인다.
[평범하고 소박함]이야말로 사랑의 조건이고 결과이다.
[우리 일상을 유지시킴]이 사랑의 최고 선물이고 가치이다.
산정의 상쾌함, 생의 화려함은 오래가기 어렵다.

사랑이 아름답기 위해서는 희생해야 할 것이 너무 많다.
우리 생 전체가 그렇게 한가할 수는 없다.

오늘, 사랑에 빠져 가슴 설레는 사람에게

1. 사랑의 진정한 가치는 무엇인가

사랑하는 사람의 진정한 가치는
그가 주는 특별한 설렘이 아닌
그가 주는 보통의 미소에서
찾을 일이다.

오늘, 사랑에 빠져 가슴 설레는 사람에게

사랑은 아무렇지도 않은 보통 하늘이다.

2. 사랑은 열정적이어야 하는가

✳ 오래된 거짓말

사랑은 열정 속에서 비로소 꽃피는 것이다.
이것이 사랑을 비로소 사랑답게 만든다.

열정이 식으면 봄날 벚꽃 떨어지듯 사랑도 떨어진다.
열정이 식어 가는 것을 보면서 사랑의 허무를 확신하기도 한다.
이것이 사랑을 타락시켰다. 오인이었다.

오늘, 사랑에 빠져 가슴 설레는 사람에게

✱ 어느 오후 스쳐지나는 바람이 들려주는 이야기

사랑은 의외로 침착해야 한다.
급히 달리다 보면, 보아야 할 것도 볼 수 없고, 오래 달릴 수도 없다.
숨이 차올라 그의 모습을 천천히, 제대로 볼 수도 없고
새로운 매력을 발견할 기회도 잃어버린다.

사랑은 여름 아침 안개처럼 차분해야 한다.
그것을 위해 지킬 것이 많기 때문이다.

사랑을 지키기 위해 조금 천천히 달릴 수밖에 없음은
우리는 몇 번의 실패 뒤에야 겨우 알 수 있다.

사랑을 열정적으로 할지, 나누어서 할지는 개인 취향의 문제이다.
그러나 우리 생이 짧지 않은 것은 사실이다.

오늘, 사랑에 빠져 가슴 설레는 사람에게

내게 온화한 사랑과 뜨거운 사랑 중

하나를 선택하라면

100번을 선택하라 해도

그것은 모두 뜨겁지 않은 따뜻한 사랑일 것이다.

오늘, 사랑에 빠져 가슴 설레는 사람에게

사랑은 여름 안개처럼 차분해야 한다.

3. 사랑의 묘약은 어디에 있는가

✳ 오래된 거짓말

사랑의 묘약은 운명의 신을 만나, 우연히 받는 것이다.
그것이 우리를 설레게 한다.

그를 만나기 위해 많은 곳을 여행하고,
그녀를 만나기 위해 많은 시간을 탐험한다.
그런데 결국 묘약은 구할 수 없다.
오래된 거짓말이다.

오늘, 사랑에 빠져 가슴 설레는 사람에게

✳ 어느 오후 스쳐지나는 바람이 들려주는 이야기

사랑의 묘약은 의외로 내 낡은 주머니 속에 있다.
누군가에 의해 사랑이 탄생할 것으로 생각해,
그들을 찾기 위해 헤매지만, 허사이다.
사랑은 그들과 무관하게
자신을 고귀하게 하기 위한 노력이 모여 사랑으로 탄생한다.

사랑의 묘약은 사랑스러운 사람과의 운명적 만남이 아니라,
자신을 조금씩 더 사랑스럽게 하는 것이다.

이렇게, 사람들이 조금씩 내 곁에 모여들고
그 속에는 사랑의 눈길도 포함되어 있을 것이다.

사랑은 찾아가는 것보다, 찾아오게 하는 것이 쉽다.

오늘, 사랑에 빠져 가슴 설레는 사람에게

3. 사랑의 묘약은 어디에 있는가

진정으로 사랑받고 싶은 사람은
자신을 사랑해줄 사람을 찾아 나서는 것이 아니라
자신의 향기를 찾아오도록
시간이 조금 걸리더라도
자신을 멋지고 향기롭게 만들어가야 한다.

오늘, 사랑에 빠져 가슴 설레는 사람에게

사랑의 묘약은 자신을 매력적으로 만드는 것이다.

4. 사랑은 진리를 달성하게 하는가

✽ 오래된 거짓말

사랑의 목표는 [자유]이다.
이것이 우리를 자랑스럽게 한다.

오랜 후에는 사랑의 목표가 [평등]이라고 생각했고
우리는 굉장히 오만해졌다.
무언가 오인이었다.

오늘, 사랑에 빠져 가슴 설레는 사람에게

4. 사랑은 진리를 달성하게 하는가

✻ 어느 오후 스쳐지나는 바람이 들려주는 이야기

사랑의 목표는 생존이다.
자유와 평등을 사랑으로 이룰 수 있다고 생각하고
오랜 시간 방황한다.

사랑은 생존을 위한 본능일 뿐이다.
그것으로 충분하다.

사랑만으로 무언가 이룰 수 있다고 오인하지 않는 것이 좋다.
소중한 것을 얻기 위해서는 사랑이 아닌
투쟁과 쟁취가 필요한 경우가 더 많다.
사랑으로 인해 나태해져서는 안 된다.
사랑은 우리가 살아 있을 수 있게 하는 것으로, 그 역할은 충분하다.
작다고 생각할 수도 있고, 반대이기도 하다.

사랑의 길과 진리의 길은 별개이다.
어느 한 길만 가서는 곤란하다.

오늘, 사랑에 빠져 가슴 설레는 사람에게

사랑이 모든 것을 해결해 주지는 않는다.
사랑이 공기와 같은 것이긴 하지만
숨만 쉰다고 우리가 살 수 있는 것은 아니다.
사랑 속에서 자유를 찾고 사랑 속에서 평등을 이루어야 한다.
이를 소홀히 하면 사랑의 대상을 곧 잃을 것이다.

오늘, 사랑에 빠져 가슴 설레는 사람에게

사랑은 아무것도 해주지 않는다. 용기를 줄 뿐이다.

5. 비밀은 사랑을 깨뜨리는가

❋ 오래된 거짓말

사랑하는 사람들 사이의 비밀은 사랑을 약화시킨다.
그 비밀이 벽으로 작용하기 때문이다.

모든 것을 드러내도, 그 약점까지 이해해 주는 사람만이
자신을 깊이 사랑하는 사람이라고 시인들은 말한다.
하지만, 그렇게는 누구에게도 사랑받을 수도, 누구를 사랑할 수도 없다.
거짓이었다.

오늘, 사랑에 빠져 가슴 설레는 사람에게

5. 비밀은 사랑을 깨뜨리는가

✷ 어느 오후 스쳐지나는 바람이 들려주는 이야기

사랑은 [비밀투성이]이어야 한다.
상대방을 현혹하여 마음을 빼앗지 않으면
사랑은 모래시계 속 모래처럼 사라져 간다.
비밀이 드러나면 붉은빛 환상은 깨지고
지루한 시계 소리가 들리기 시작한다.

사랑한다면 비밀을 끝까지 깨지 말아야 한다.
오히려 자신만의 비밀을 더욱 만드는 것이 좋다.

비밀은 거짓말이 아니다.
비밀은 자신의 최대 매력이다.

사랑의 시작은 호기심, 사랑의 유지는 비밀로부터이다.

오늘, 사랑에 빠져 가슴 설레는 사람에게

사람의 매력은 그가 가진 비밀에 비례한다.
자신의 모든 것을 발설하지 말라.
특히 사랑하는 사람에게는
자신이 가진 비밀을 죽음의 순간에도 소중히 간직하여
사랑하는 사람에게 후일의 선물로 남겨두라.

오늘, 사랑에 빠져 가슴 설레는 사람에게

사랑은 '비밀투성이'여야 한다.

6. 사랑은 공유하는 것인가

✱ 오래된 거짓말

사랑은 호감을 공유하고, 생각을 공유한다.
그리고 삶마저 공유하는 것이다.

그러나 실제 삶에서는 어림없는 일이다.
아무리 노력해도 어느 것 하나, 공유되는 것은 별로 없다.
오래된 거짓말이다.

오늘, 사랑에 빠져 가슴 설레는 사람에게

6. 사랑은 공유하는 것인가

✳ 어느 오후 스쳐지나는 바람이 들려주는 이야기

우리 모두, 조금 시간이 흐르면
서로 다른 사람들이 비슷한 감정, 생각, 방식을 가지는 것은
처음부터 불가능하다는 것을 알게 된다.
혼자만의 감미로운 꿈일 뿐이다.

사랑은 서로 비슷하게 되는 것이 아니라
서로 다름을 멋지게 인정하게 되는 과정이다.

이를 알지 못하면, 실패를 겪지 않을 수 없다.
사랑은 억지 공유가 아니라, 두 존재의 공존이다.

타자와 영혼까지 공유하려는 것은 서로를 힘들게 하는 착각이다.

오늘, 사랑에 빠져 가슴 설레는 사람에게

사랑한다면 같은 방향의 목적지를 가져야 한다고 착각하지 말라.
두 사람이 두 개의 세상을 가질 기회를 놓쳐 버린다.

오늘, 사랑에 빠져 가슴 설레는 사람에게

사랑은 다름을 '멋지게' 인정하는 것이다.

7. 사랑은 오랫동안 지속될 수 있는가

❋ 오래된 거짓말

사랑은 우리 노력에 따라, 오랫동안 지속될 수 있다.
연인이 변하고 세상이 변해서 방법이 없을 뿐이다.

사랑의 소멸은 반 정도는 상대 변화에 기인하고
나머지는 내 변화에 기인한다. 누구 탓할 것 없다.
우리는 변화할 수밖에 없고
만일 그렇다면, 사랑은 소멸할 수밖에 없음을 인정해야 한다.
영원한 사랑은 거짓이다.

오늘, 사랑에 빠져 가슴 설레는 사람에게

✻ 어느 오후 스쳐지나는 바람이 들려주는 이야기

어느 즐거운 여름밤 서늘한 바람은
우리는 [변화하지 않는 그 무엇]을 사랑해야 한다고 알려 준다.

순수, 열정, 선함, 감성, 성실, 정직, 정다움.
변화하지 않는 사랑의 대상은 충분히 많다.

이런 것들이라면, 오랫동안 누군가를 사랑할 수 있다.
외적 아름다움은 그 지속 기간이 몇 년을 넘기기 어렵다.
누구나 예외 없이, 여러 가지 가장과 치장을 벗기면
생각보다 별것 아니기 때문이다.

외형적 사랑은 젊은 시절 몫이다.
그때는 그것밖에 가진 것이 없으니 할 수 없다.

오늘, 사랑에 빠져 가슴 설레는 사람에게

젊은 시절 사랑이 오랫동안 지속하기를 바라지 말라.
젊은 시절의 사랑은 그때의 사랑일 뿐.
우리는 매일 아침 다시 그와의 새로운 만남과 사랑을 시작해야 한다.

오늘, 사랑에 빠져 가슴 설레는 사람에게

사랑의 진정한 대상은 변하지 않는 것이어야 한다.

8. 사랑의 기술은 무엇인가

✽ 오래된 거짓말

사랑의 기술은 끊임없이 희생하는 것이다.
그것은 상대를 이해하고 그에 따라 행동함을 뜻한다.

그러나 어떤 경우에도, 이 기술로는 사랑에 성공할 수 없다.
우리는 그렇게 오랫동안 희생적이기 어렵다.
거짓이다.

오늘, 사랑에 빠져 가슴 설레는 사람에게

✽ 어느 오후 스쳐지나는 바람이 들려주는 이야기

사랑의 기술은 일방적 희생이 아니다.
사랑에는 희생을 바탕으로 한, 어떤 기술도 통용되지 않는다.
사랑은 고독 속에서 비로소 잉태된다.

사랑의 기술은 [타자를 생각하는 기술]이 아니라
[자신을 생각하는 기술]이다.

고독하지 않은 자는
자신을 사랑할 시간이 없어, 사랑을 갖지 못한다.
상대가 그의 희생을 아깝게 생각하지 않을 정도로
자신을 향상시키는 것이 유일한 사랑의 기술이다.

우리는 받는 것을 좋아하지만, 의외로 주는 것도 꽤 좋아한다.
그래서 줄 만한 상대를 항상 찾는다.

오늘, 사랑에 빠져 가슴 설레는 사람에게

사랑을 지키는 비방은
자신을 매력적으로 만드는 것.
능력이 부족해도 삶이 어려워도
그속에서 자신을 빛나게 만드는 것.

오늘, 사랑에 빠져 가슴 설레는 사람에게

사랑은 고독 속에서 비로소 잉태된다.

9. 사랑은 조건이 필요 없는가

✱ 오래된 거짓말

사랑은 조건 없는 것이다.
조건이 있다면 거래이다.

그러나 우리는 실제 그럴 수 없다.
이기심을 자책하고, 순수하지 못함에 비관한다.
숭고하고 순수한 사랑을 열망하지만, 결국 찾을 수 없다.
거짓이기 때문이다.

오늘, 사랑에 빠져 가슴 설레는 사람에게

✱ 어느 오후 스쳐지나는 바람이 들려주는 이야기

사랑은 상대의 요구 조건을 서로 수용하는 것이며 또 양보하는 과정이다.
우리는 부모로부터의 조건 없는 자애를 사랑의 본질로 착각하기 쉽다.

사랑은 100가지 조건이 필요하고
그것을 지켜가는 과정이다.

처음 만남에, 사랑이 무조건적인 것처럼 느껴지는 이유는
서로 바라는 것이 많은 부분, 일치하기 때문이다.
이 일치감은 시간과 더불어 해소되고, 불일치가 시작된다.
이때, 서로 바라는 조건이 드디어 드러난다.
이때가 수용과 양보를 통한 진정한 사랑이 시작되는 시점이다.

작은 물건 하나 사는데도 거래 조건이 필요하다.
사랑은 인생 최대의 거래이다.

오늘, 사랑에 빠져 가슴 설레는 사람에게

거래의 기본은 치른 만큼 대가를 얻는 것.
어쩌다 한두 번은 넘어가겠지만 그 이상은 곤란하다.
사랑은 가장 엄격한 거래.

오늘, 사랑에 빠져 가슴 설레는 사람에게

사랑은 인생 최대의 거래이다.

10. 사랑은 아름다워야 하는가

✱ 오래된 거짓말

사랑의 대상이 되려면 아름다움이 필요하다.
우리가 아름다워 지려는 이유이다.

사랑받기 위해서는 우리를 아름답게 만들어 가야 한다.
아름다움이 사라지는 순간을 두려워하면서.
선함도 아름답게 해 줄 것이라는 생각으로 대부분 위장되어 있다.
만일 그렇다면 사랑은 젊음에 국한할 것이다.
오래된 거짓이다.

오늘, 사랑에 빠져 가슴 설레는 사람에게

✱ 어느 오후 스쳐지나는 바람이 들려주는 이야기

사랑과 아름다움은 별로 관계없다.
사랑은 함께할 사람과 우리를 묶기 위한 심리적 도구이다.
함께 즐거워할 수 없다면, 그가 아무리 아름다워도 사랑을 느낄 수 없으며
아름답지 못한 자도 함께 즐거워하는 자라면 사랑스럽다.

사랑의 대상은 나에게 직접 즐거움을 주는 자이다.
사랑에 아름다움은 그렇게 중요하지 않다.

우리에게 필요한 것은
즐거움을 줄 수 있는 자가 되기 위한 노력이다.
선함도 즐거움을 전제로 할 때만 사랑에 직접 관여한다.
너무 아름다워지려고 노력할 필요 없다.

외적 아름다움은 너무 주관적이다.
게다가 오래가지도 않는다.
사랑의 조건으로 자격 상실이다.

오늘, 사랑에 빠져 가슴 설레는 사람에게

미에는 20가지 정의가 있기 때문에
미가 사랑의 조건이기는 하다.
미의 정의가 '미소와 웃음을 주는 것'이라면
그들은 최고의 사랑을 완성해 갈 것이다.

오늘, 사랑에 빠져 가슴 설레는 사람에게

사랑의 근간은 즐거움이다.

11. 사랑은 주는 것인가

✱ 오래된 거짓말

사랑은 주는 것이라고 생각하지 않을 수 없다.
우리 모두, 그것이 도덕적이라고 생각하기 때문이다.

그러나 그것은 사랑받는 것을 갈망하는 위선자들이 퍼뜨린 소문이다.
아니면 자애로움과 사랑을 구분하지 못하는 사람들의 착각이다.
모두 거짓이다.

오늘, 사랑에 빠져 가슴 설레는 사람에게

✽ 어느 오후 스쳐지나는 바람이 들려주는 이야기

사랑은 방향성이 없다. 주는 것도 아니고 받는 것도 아니다.
아무 방향성 없는 무풍지대에서 사랑은 존재한다.
모정과 부정은 자애이다. 사랑과 자애가 혼동되어 우리를 어지럽힌다.
일방적인 사랑은 거의 드물고, 오래가지 않는다.
그것을 원한다면, 일생 한 번도 사랑해 보지 못할 것이다.

가능하다면, 사랑하는 사람과 주려고도 받으려고도 않는
무방향적 사랑을 찾는 모험을 지속하는 것이 좋다.

우리는 그의 [존재함]만으로 행복한, 그런 사랑을 경험했던가.
새로운 만남은 걱정할 것 없다.
그런 사랑은 극적 만남을 통해서만이 아닌
지금까지 아무렇지도 않았던 사람과도 가능하다.

우리는 주어도 불편하고 받아도 불편하다.
주면 받고 싶고, 받으면 돌려주어야 문제없다.

오늘, 사랑에 빠져 가슴 설레는 사람에게

11. 사랑은 주는 것인가

진정한 사랑이
주는 것에 있는지는 확실치 않지만
받으려고 하지 않는 것에 있다는 것은 확실하다.
받지 않아도 충분하기 때문이다.

오늘, 사랑에 빠져 가슴 설레는 사람에게

그의 [존재함]만으로 행복한 사랑을 경험했던가.

12. 사랑은 어떤 향기가 나는가

✽ 오래된 거짓말

사랑에 빠지면 삶은 달콤한 향으로 가득하다.
그 향이 우리 모두를 행복하게 해줄 것이다.

우리는 영화 속 주인공처럼 행동하려 하나, 대부분 실패한다.
향기는 곧 느껴지지 않고, 그때 사랑이 사라진 것으로 오인한다.
착각이다.

오늘, 사랑에 빠져 가슴 설레는 사람에게

12. 사랑은 어떤 향기가 나는가

✽ 어느 오후 스쳐지나는 바람이 들려주는 이야기

상쾌한 공기가 아무런 향기 없듯이,
오래 있어도 아무 느낌 없듯이,
그리고 그가 아무런 대가도 바라지 않는 것처럼,
사랑은 그렇게 존재한다.

사랑은 순수한 무향이다.
만일 향기가 지속된다면 곧 두통을 일으킬 것이다.

사랑의 향기가 사라지면, 사랑이 약해진 것이 아니라
오히려 그의 본래 모습을 드러내는 것이다.
꾸밈은 처음 눈길을 사로잡을 수는 있으나
그것이 강할수록 두꺼운 벽으로 작용할 것이다.
무향이 느껴질 때까지, 서로를 위해 사랑을 너무 쉽게 시작하지 않는 것이 좋다.

사랑의 공통분모는 순수함이다.
순수함에 어울리는 향은 무향뿐이다.
그것이 편하기도 하다.

오늘, 사랑에 빠져 가슴 설레는 사람에게

그에게서 향기가 난다면
아직 사랑을 시작하지 않는 것이 좋다.

오늘, 사랑에 빠져 가슴 설레는 사람에게

사랑은 무향이다.

13. 사랑은 시간과 함께 쇠퇴하는가

✽ 오래된 거짓말

사랑은 대부분, 젊음에 국한한다.
사랑의 조건이 젊음에 모여있기 때문이다.

시간에 따라 사랑이 약해져 감을 운명으로 받아들인다.
이것이 사랑을 요절시킨다.
이에 따라 삶의 가치도 줄어드는 것 같아 초조하다.
거짓이었고, 미숙함이었다.

오늘, 사랑에 빠져 가슴 설레는 사람에게

✽ 어느 오후 스쳐지나는 바람이 들려주는 이야기

사랑은 젊음이 지나 시드는 것이 아니라,
게으름에 시든다.

사랑은 하루하루 새롭게 발견한 아름다운 모습을 떠오르게 하고
매일, 숨겨진 그의 매력에 가슴 뛴다.

이렇듯, 숨겨져 드러나지 않았던
자신의 매력을 보여주는 것에 열심이어야 하며,
죽음의 순간까지 새로운 매력을 만들고
그것을 발하려 노력해야 한다.

부지런하면 많은 것을 가질 수 있다.
사랑도 예외는 아니다.

오늘, 사랑에 빠져 가슴 설레는 사람에게

죽는 순간,
그가 나를 가장 사랑하도록
인생 전체를 끊임없이 준비하라.

오늘, 사랑에 빠져 가슴 설레는 사람에게

게으르면 사랑도 떠나간다.

14. 사랑을 위한 주의사항은 무엇인가

✽ 오래된 거짓말

사랑은 우리를 감성적으로 만든다.
이성은 사랑을 싸늘하게 할 것이다.

사랑의 감정 속에서, 이성(理性)으로부터 벗어나려고 노력했고
사랑을 일상에서의 일탈로서 생각하려 했다.
이성이 찾아들면 사랑이 나에게서 멀어질 것을 두려워했다.
터무니없는 착각, 거짓을 믿었다.

오늘, 사랑에 빠져 가슴 설레는 사람에게

14. 사랑을 위한 주의사항은 무엇인가

✻ 어느 오후 스쳐지나는 바람이 들려주는 이야기

이성과 감성이 다르지 않음을 알기 위해, 시간이 조금 걸린다.
둘은 우리 [생각의 구조] 속, 서로 다른 양태일 뿐이다.
감성과 이성은 똑같이 가슴 뛰게 하고, 똑같이 냉정하게 한다.

감성 속에서 사랑에 흥분하고, 이성 속에서 사랑에 열광한다.
사랑을 위한 주의사항은 [사랑을 감성 상태라고만 생각하는 것]이다.

이렇게, 사랑은 우리 삶 속, 감성이라는 별개의 세상이 아니라,
우리가 사는 모든 세상에 공평하게 녹아 있다.

사랑이 만일 감성이 지배하는 특성이었다면
우리 세상에서 사랑은 벌써 사라졌을 것이다.

오늘, 사랑에 빠져 가슴 설레는 사람에게

사랑을 지키기 위해
가장 주의해야 할 것은
가끔은 다투기도 하겠지만
인간으로서의 이성을 끝까지 지키는 것이다.

오늘, 사랑에 빠져 가슴 설레는 사람에게

사랑을 사랑답게 하는 것은 이성(理性)이다.

15. 사랑은 그렇게 즐거운 것인가

✱ 오래된 거짓말

사랑은 나를 가장 즐겁게 해 주는 것이다.
죽는 순간 그것밖에 생각나지 않을 것이다.

그런데 아무리 노력해도, 그 즐거움은 오래가지 않았다.
거짓이었고 오해이다.

오늘, 사랑에 빠져 가슴 설레는 사람에게

15. 사랑은 그렇게 즐거운 것인가

✳ 어느 오후 스쳐지나는 바람이 들려주는 이야기

사랑의 즐거움은 내가 아닌, 그가 즐거워함에 있다.
내 즐거움은 샘이 얕은 우물 같아 쉽게 마르고
타자(他者)의 즐거움은 바다와 같이 무한하다.

내 즐거움을 탐하느라
그물 속을 빠져나가는 사랑의 미풍을 모두 놓쳐 버린다.

그때 이미 우리는 거의 모든 것을 잃는다.
그렇게 어려운 것도 아닌데,
그것을 알기 위해 시간이 적지 않게 흘러간다.

타자의 즐거움에서 느끼는 기쁨이
내 즐거움에서 느끼는 기쁨보다
그 숫자 면에서 훨씬 가능성이 높다.

오늘, 사랑에 빠져 가슴 설레는 사람에게

사랑은
내 즐거움을 찾으려 하면 안개처럼 흩어지고
그의 즐거움을 찾으려 하면 바위처럼 단단해질 것이다.

오늘, 사랑에 빠져 가슴 설레는 사람에게

타자(他者)의 즐거움은 바다와 같이 무한하다.

16. 사랑의 제 1 규칙은 무엇인가

✽ 오래된 거짓말

사랑의 규칙은 보통, 크게 3가지이다.
[항상 상대를 존중할 것], [슬픔과 기쁨을 나눌 것], [꿈과 희망을 같이 할 것].
이를 지킬 자신이 없으면, 시작하지 않은 것이 좋다.

처음은 가능할 것으로 생각했으나, 도대체 이 규칙은 쉽게 지킬 수 없었다.
많은 책에서 이를 가르치지만, 사실, 거짓이었다.

오늘, 사랑에 빠져 가슴 설레는 사람에게

✱ 어느 오후 스쳐지나는 바람이 들려주는 이야기

항상 상대를 존중하기 어렵다.
슬픔과 기쁨의 기준이 서로 달라, 같이 나누기 쉽지 않으며,
꿈과 희망이 일치하지 않아, 그것을 같이 하는 것은 처음부터 불가능한 일이다.
그것은 사랑의 규칙이 아니라 성인(聖人)이 되기 위한 규칙이었을지도 모른다.
우리는 그렇게 할 수 있는 능력도 없다.
인간적 이기심, 두려움, 탐욕은 그것을 허락하지 않는다.
사랑의 규칙을 지킬 수 없음에 괴로워하고, 노력해 보지만,
시간이 흐를수록 자신만의 삶을 드러내려는 욕망은 이를 더욱 어렵게 한다.

 사랑의 규칙은 그가 나를 계속 사랑할 수 있도록,
그가 처음 사랑했던 나를 가능한 최대로 유지하는 것이다.

사랑은 도덕이나 철학이 아니다.
규칙은 단순함이 틀림없다.
쉽지는 않겠지만, 이것 하나로 충분하다.

사랑을 위한 규칙을 행복을 위한 규칙과 혼동하면 둘 다 잃기 쉽다.
사랑과 행복은 별개의 문제이다.

오늘, 사랑에 빠져 가슴 설레는 사람에게

사랑하는 사람이 지켜야 할 가장 중요한 약속은
사랑하는 사람을 위해
자신을 최대한 지키는 것이다.

오늘, 사랑에 빠져 가슴 설레는 사람에게

사랑의 규칙은 그가 처음 사랑했던 나를 가능한 최대로 유지하는 것이다.

17. 사랑은 징표를 남기는가

✳ 오래된 거짓말

사랑은 그 징표를 남긴다.
사랑의 증거는 명백하다.

그 증거를 찾아 헤매었고, 그 증거로 때로는 만족했지만 대부분 절망했다.
증거로써 판단하는 사랑은 매우 변덕스러운 것으로 생각할 수밖에 없다.
오래된 거짓이다.

오늘, 사랑에 빠져 가슴 설레는 사람에게

17. 사랑은 징표를 남기는가

✻ 어느 오후 스쳐지나는 바람이 들려주는 이야기

깊은 사랑은 그 징표를 남기는 경우도 있지만,
대부분은 매우 비밀스럽다.
사랑은 드러나지 않으며, 그것을 알 수 있는 방법도 없다.
우리는 잘 모르지만, 세상은 우리를 사랑하는 사람들로 가득하다.
그들은 증거를 거의 남기지 않는다.

사랑의 징표를 남기는 것은 보상받기를 원하기 때문이다.
그렇지 않은 마음이면 그런 것 필요 없다.

사랑이 깊고 절대적이면
그 증거를 줄 필요도, 받을 이유도 없다.

사랑하는지의 증거를 원하게 되면
이미 사랑의 시기는 지났다고 생각하면 된다.
사랑은 보통, 이미 증거투성이다.

오늘, 사랑에 빠져 가슴 설레는 사람에게

사랑받고 있음을 확인하려 한다면
사랑을 의심하고 있는 것이다.
이것은 사랑을 무너뜨린다.

오늘, 사랑에 빠져 가슴 설레는 사람에게

믿음에 금이 가면 사랑도 금이 간다.

18. 사랑은 편안한 것인가

❋ 오래된 거짓말

사랑은 편안한 상태다.
불편하다면 사랑할 수 없다.

평온해짐.
우리는 그런 사랑을 찾아 헤매지만, 그런 것은 없다.
가슴 두근거림이 사라지고 편안해지는 순간, 사랑은 사라진다.
편안함은 거짓이다.

오늘, 사랑에 빠져 가슴 설레는 사람에게

18. 사랑은 편안한 것인가

✱ 어느 오후 스쳐지나는 바람이 들려주는 이야기

사랑은 편안할 수 있는 것이 아니다.
편안한 것은 자신을 일방적으로 사랑하는
부모와 같은 대상에게서나 가능한 일이다.
어느 순간, 한 사람이 편안해지면
이미 그 사랑의 열정이 식은 상태이다.

온통 상대의 마음을 빼앗기 위한 노력으로
불편하고 흥분된 상태가 사랑이다.

그런 불편한 것을 감수하는 인내와 노력만이
사랑을 유지할 수 있는 유일한 길이다.

편안함은 자신을 사랑한다는 확신 때문에 생기는 것이다.
그 외의 이유는 거짓이다.

오늘, 사랑에 빠져 가슴 설레는 사람에게

불편을 감수하는 인내와 노력만이
사랑을 유지케 한다.
사랑은 우리 인생에서 가장 불편한 일이다.

오늘, 사랑에 빠져 가슴 설레는 사람에게

사랑은 원래 불편한 것이다. 편하다면 사랑이 아니다.

19. 사랑은 아무것도 바라지 않는 것인가

✱ 오래된 거짓말

무엇인가 바란다면 사랑이 아니다.
우리는 조건없는 사랑의 환상을 버릴 수 없다.

[대가를 바란다]면 이미 사랑이 아니다.
그러나 자기 희생에 대한 [대가의 바람] 또한 강력하다.
이 평행선은 좀처럼 줄어들지 않는다.
모두, 오해 또는 거짓이다.

오늘, 사랑에 빠져 가슴 설레는 사람에게

19. 사랑은 아무것도 바라지 않는 것인가

✳ 어느 오후 스쳐지나는 바람이 들려주는 이야기

희생과 바람이 없는 사랑은 없다.
시인들과 소설가들의 이야기일 뿐, 사랑은 그렇게 이타적이지 않다.

사랑을 이루어 가기 위해서는
서로 말 없는 희생의 교환이 전제이다.
그 균형이 무너지면 사랑도 무너진다.

상대의 희생이 깊으면 내 희생도 늘려가고
상대의 희생이 옅으면, 나도 그에 맞추는 것이 사랑을 위해 유익하다.
우리는 그렇게 마음이 너그럽지 않기 때문이다.

우리는 상대가 성인(聖人)이 아니라 보통 사람이라는 것을 자꾸 잊어버린다.
보통 사람은 자신이 해주는 것의 몇 배를 원한다.

오늘, 사랑에 빠져 가슴 설레는 사람에게

아무것도 바라지 않는 사랑을 원한다면
신을 찾아 가는 방법밖에 없다.

오늘, 사랑에 빠져 가슴 설레는 사람에게

사랑의 대상은 성인(聖人)이 아니라, 보통 사람이다.

20. 사랑은 감성인가 이성인가

✱ 오래된 거짓말

사랑은 이성과 논리로 설명할 수 없다.
누구도 그 떨림과 그 흥분을 설명할 수 없다.

사랑을 감성 작용으로 생각하는 것은 의심의 여지가 없다.
그러나 감성은 너무 쉽게 변해, 감성만으로 사랑을 유지할 수 없다.
심각한 오류이다.

오늘, 사랑에 빠져 가슴 설레는 사람에게

20. 사랑은 감성인가 이성인가

✱ 어느 오후 스쳐지나는 바람이 들려주는 이야기

물론, 감성은 사랑을 장식하는 데 중요하고, 도움이 된다.
그러나 우리가 가진 가장 감성적, 이성적 능력의 총 집합체가 사랑이다.

사랑을 만들고, 오랫동안 지키고 이루어 가려면,
이성적이고 논리적으로 생각하고, 또 행동해야 한다.

사랑은 이성으로 오랫동안 하나씩 만들어 가는 것이며
이를 위해서 끊임없는 생각과 인내함, 행동이 필요하다.
이는 보통, 감성만으로 장식된 사랑의
허무적 모순을 발견한 후에야 겨우 알게 된다.

사랑은 감성을 원하지만, 세상은 이성을 원한다.
사랑도 결국 세상의 법칙을 따라야 한다.

오늘, 사랑에 빠져 가슴 설레는 사람에게

사랑도 진리의 일부이다.
진리 요소를 그대로 따라야 한다.

오늘, 사랑에 빠져 가슴 설레는 사람에게

사랑은 감성으로 시작하고 이성으로 유지한다.

오늘, 사랑에 빠져 가슴 설레는 사람에게
어느 오후 스쳐지나는 바람이 들려주는 이야기

✱ 오늘, 사랑에 빠져 가슴 설레는 사람에게

어느 오후 스쳐지나는 바람이 들려주는 이야기

1

오늘, 사랑에 빠져 가슴 설레는 사람에게
어느 오후 스쳐지나는 바람이 들려주는 이야기

1. 사랑의 진정한 가치는 무엇인가 2. 사랑은 열정적이어야 하는가
3. 사랑의 묘약은 어디에 있는가 4. 사랑은 진리를 달성하게 하는가
5. 비밀은 사랑을 깨뜨리는가 6. 사랑은 공유하는 것인가
7. 사랑은 오랫동안 지속될 수 있는가 8. 사랑의 기술은 무엇인가
9. 사랑은 조건이 필요 없는가 10. 사랑은 아름다워야 하는가
11. 사랑은 주는 것인가 12. 사랑은 어떤 향기가 나는가
13. 사랑은 시간과 함께 쇠퇴하는가 14. 사랑을 위한 주의사항은 무엇인가
15. 사랑은 그렇게 즐거운 것인가 16. 사랑의 제 1 규칙은 무엇인가
17. 사랑은 징표를 남기는가 18. 사랑은 편안한 것인가
19. 사랑은 희생을 전제로 하는가 20. 사랑은 감성인가 이성인가

2

오늘, 자신이 자유롭지 못하다고 생각하는 사람에게
어느 오후 스쳐지나는 바람이 들려주는 이야기

1. 우리는 진정으로 자유로울 수 있는가 2. 자유는 투쟁하여 얻을 수 있는 것인가
3. 자유를 위해 필요한 것은 무엇인가 4. 우리는 정말 자유에 도달할 수 있는가
5. 자유로워 지려고 하는 이유는 무엇인가 6. 자유란 무엇인가
7. 자유를 위한 희생양은 누구인가 8. 우리는 자유롭고 또 편안할 수 있는가
9. 자유는 어디까지 해줄 수 있는가 10. 우리는 언제 자유로운가
11. 자유로울 수 있는 조건은 무엇인가 12. 자유로운 시기는 언제인가
13. 우리는 자유에 대하여 무엇을 배우는가 14. 우리는 항상 자유로울 수 있는가
15. 이제, 자유의 억압 시대는 지나갔는가 16. 자유는 무엇을 주는가
17. 자유에 도달하는 비밀의 문은 있는가 18. 우리는 자유를 누릴만한가
19. 자유, 우리가 부끄러워해야 할 것은 무엇인가 20. 우리, 정말 자유를 원하는가

3

오늘, 세상의 부정의와 부도덕에 눈물짓는 사람에게
어느 오후 스쳐지나는 바람이 들려주는 이야기

1. 정의는 누구를 위해 존재하는가 2. 정의는 무엇을 할 수 있는가
3. 우리는 정말로 정의롭게 될 수 있는가 4. 정의란 무엇인가
5. 정의는 항상 우리 편인가 6. 정의는 악인가 선인가
7. 정의와 법 중 어느 것이 우선인가 8. 정의는 아직 살아 있는가
9. 정의는 변명될 수 있는가 10. 누가 게으른 정의를 깨우겠는가
11. 도덕이 우리에게 도움이 되는가 12. 우리는 도덕적인가, 어리석은가
13. 우리는 도덕을 지켜야 하는가 14. 우리는 도덕적으로 성숙한가
15. 힘 있는 자들은 왜 도덕적이지 않은가 16. 도덕은 어떻게 탄생되는가
17. 우리는 누구에게 도덕을 배우는가 18. 우리에게 도덕을 가르칠 수 있는 자가 있는가
19. 우리 교육은 도덕을 제대로 가르치고 있는가 20. 도덕 교육은 언제가 좋은가

4

오늘, 자신의 무력함에 좌절하는 사람에게
어느 오후 스쳐지나는 바람이 들려주는 이야기

1. 국가는 나를 보호하는가 2. 우리는 국가를 믿을 수 있는가
3. 우리는 국가를 위해 희생해야 하는가 4. 국가는 이대로 참을 만한가
5. 국가는 배반하지 않는가 6. 국가는 우리의 평등을 지켜줄 것인가
7. 국가를 이용할 것인가, 변화시킬 것인가 8. 권력은 왜 초라한가
9. 권력은 우리에게 무엇을 주는가 - 1 10. 권력은 우리에게 무엇을 주는가 - 2
11. 권력자는 뛰어난 자인가, 사기꾼인가 12. 우리는 조금 다른 권력자가 될 수 있는가
13. 우리는 권력 상태에 도달할 수 있는가 14. 부는 어디까지 윤리적인가
15. 부의 소유권은 누가 가지는가 16. 부와 빈곤의 적절한 차이는 어느 정도인가
17. 부는 선인가 악인가 18. 우리가 추구하는 것은 명예를 위한 명예는 아닌가
19. 명예에는 어떤 업적이 필요한가 20. 명예를 위해 사는가, 명예롭게 사는가

5

오늘 갑자기 신이 원망스러운 사람에게
어느 오후 스쳐지나는 바람이 들려주는 이야기

6

오늘 갑자기 나란 존재가 무엇인지 혼란스러운 사람에게
어느 오후 스쳐지나는 바람이 들려주는 이야기

7

오늘, 무엇이 옳은 것인지 흔들리는 사람에게
어느 오후 스쳐지나는 바람이 들려주는 이야기

8

오늘, 세상의 불공정함으로 슬퍼하는 사람에게
어느 오후 스쳐지나는 바람이 들려주는 이야기

9

오늘, 죽음의 두려움이 밀려오는 사람에게
어느 오후 스쳐지나는 바람이 들려주는 이야기

10

오늘, 견디기 힘든 하루를 보낸 사람에게
어느 오후 스쳐지나는 바람이 들려주는 이야기

11

오늘 갑자기 내가 왜 사는지 의문이 드는 사람에게
어느 오후 스쳐지나는 바람이 들려주는 이야기

12

오늘, 새로운 나를 만들려 시도하는 사람에게
어느 오후 스쳐지나는 바람이 들려주는 이야기

13

오늘 하루 종일 편안함이 그리웠던 사람에게
어느 오후 스쳐지나는 바람이 들려주는 이야기

14

오늘, 세상에 대해 숨이 막힐듯한 답답함을 느끼는 사람에게
어느 오후 스쳐지나는 바람이 들려주는 이야기

15

오늘 아무것도 결정하지 못하고 밤을 맞은 사람에게
어느 오후 스쳐지나는 바람이 들려주는 이야기

16

오늘 하루 종일 다른 사람 따라 하다 지쳐버린 사람에게
어느 오후 스쳐지나는 바람이 들려주는 이야기

17

오늘, 이 생각 저 생각에 잠 못 드는 사람에게
어느 오후 스쳐지나는 바람이 들려주는 이야기

18

오늘, 약자의 우울에서 벗어나 편안해지고 싶은 사람에게
어느 오후 스쳐지나는 바람이 들려주는 이야기

19

오늘, 자기 감정을 차분히 조절하고 싶은 사람에게
어느 오후 스쳐지나는 바람이 들려주는 이야기

20

오늘, 어느 젊은 날의 여름 감성을 다시 찾고 싶은 사람에게
어느 오후 스쳐지나는 바람이 들려주는 이야기

21

오늘, 세상의 불공평함으로 삶에 자신이 없는 사람에게
어느 오후 스쳐지나는 바람이 들려주는 이야기

1. 평등을 위해서는 냉철한 분노가 필요하다
2. 서로 같아지면 득실도 없어진다
3. 나 혼자 자유로운 건 오히려 슬픈 일이다
4. 서로 같음에는 그럴만한 대상이 따로 있지 않다
5. 평등을 가장하면 행복도 가장한다
6. 우월함으로 허영적인 인간은 사실 가장 노예적이다
7. 누군가에 평등을 맡기느니 신에게 목숨을 맡기겠다
8. 평등을 가르칠 수 있는 자는 신만큼 가치 있는 자이다
9. 행동하지 않는 평등은 복종하는 것이다
10. 평등은 인간이 할 수 있는 가장 신적인 일이다
11. 신이 평등이 아니라 평등에의 의지만 준 것은 의도된 것이다

22

오늘, 생각대로 자유롭게 살 수 없음을 상심하는 사람에게
어느 오후 스쳐지나는 바람이 들려주는 이야기

1. 자유는 그것을 필연으로 만드는 자에게만 허락된다.
2. 자유는 가슴 뜀을 위해 불편함과 노동을 일부러 선택하는 것이다.
3. 자유는 아무것도 해주지 않지만 의지가 가미되면 마법이 시작된다.
4. 자유의 땅에 도착하기 어려운 것은 잘못된 표지판도 한몫한다.
5. 자유의 정도는 그 선택의 숫자에 비례한다.

23

오늘, 부조리와 부당함으로 세상을 원망하는 사람에게
어느 오후 스쳐지나는 바람이 들려주는 이야기

1. 정의를 위한 첫걸음은 정의로 가장한 자들을 찾아내는 것으로 시작한다.
2. 세상 모든 남을 정의롭게 하느니 세상 모든 나만 정의로워지면 된다.
3. 자기기만을 자꾸 하면 어느 날 깨어났을 때 벌레가 되어 있을 것이다.
4. 도덕은 깨어있는 정신의 공존적 행복에의 의지이다.

24

오늘, 무언가 이루지 못해 슬퍼하는 사람에게
어느 오후 스쳐지나는 바람이 들려주는 이야기

1. 국가를 위해 개인이 희생하는 나라 중 퇴락하지 않는 나라는 없다.
2. 국가의 최대 역할은 힘의 균형을 맞추는 것이다.
3. 권력은 자신이 무섭다고 생각하지만 사람들은 우습다고 생각한다.
4. 진정한 권력은 중력과 같이 아무것도 없어도 만물을 다스린다.
5. 부자는 돈이 많다는 것, 그것뿐이다.
6. 부의 작은 특권은 악마도 천사도 될 수 있다는 것이다.
7. 명예를 위해 살면 명예롭지 않다.

25

오늘 갑자기 세상이 무엇으로 이루어져 있는지 궁금한 사람에게
어느 오후 스쳐지나는 바람이 들려주는 이야기

1. 존재의 세계
1-1. 존재의 선형 세계   1-2. [반존재]의 선형 세계   1-3. 존재와 [반존재]의 선형 세계

2. 의지의 세계
2-1. 의지의 선형 세계   2-2. [반의지]의 선형 세계   2-3. 의지와 [반의지]의 선형 세계

3. 인식의 세계
3-1. 인식의 선형 세계   3-2. [반인식]의 선형 세계   3-3. 인식과 [반인식]의 선형 세계

26

오늘 갑자기 세상 일의 원리와 근원이 궁금한 사람에게
어느 오후 스쳐지나는 바람이 들려주는 이야기

1. 수평적 평면 세계
1-1. 존재와 의지의 평면 세계   1-2. 존재와 [반의지]의 평면 세계
1-3. [반존재]와 의지의 평면 세계   1-4. [반존재]와 [반의지]의 평면 세계

2. 수직적 평면 세계
2-1. 의지와 인식의 평면 세계   2-2. 의지와 [반인식]의 평면 세계
2-3. [반의지]와 인식의 평면 세계   2-4. [반의지]와 [반인식]의 평면 세계
2-5. 존재와 인식의 평면 세계   2-6. 존재와 [반인식]의 평면 세계
2-7. [반존재]와 인식의 평면 세계   2-8. [반존재]와 [반인식]의 평면 세계

27

오늘 갑자기 내가 모르는 숨겨진 다른 세상을 알고 싶은 사람에게
어느 오후 스쳐지나는 바람이 들려주는 이야기

1. 인식 세계
1-1. 존재-의지-인식 공간 세계
1-2. [반존재]-의지-인식 공간 세계
1-3. 존재-[반의지]-인식 공간 세계
1-4. [반존재]-[반의지]-인식 공간 세계

2. [반인식] 세계
2-1. 존재-의지-[반인식] 공간 세계
2-2. [반존재]-의지-[반인식] 공간 세계
2-3. 존재-[반의지]-[반인식] 공간 세계
2-4. [반존재]-[반의지]-[반인식] 공간 세계

여덟 개의 세상

28

오늘 갑자기 자신을 매력적으로 만들고 싶은 사람에게
어느 오후 스쳐지나는 바람이 들려주는 이야기

명예 / 순수함 / 매력 / 어둠 / 배움 / 진실 / 자기 만들기 / 고귀함 / 어제 / 굳건함
숭고함 / 목표 / 행동 / 창작 / 자존 / 무심 / 기만 / 과거 / 배우 / 설득
자기 세계 / 개별 진리 / 겸허 / 학자 / 교제 / 평온함 / 탁월함 / 다름 / 유연함
자기철학 / 방향(芳香) / 숙독 / 제3의 탄생 / 확고함 / 겸손 / 자기 형상화 / 독서 / 동화 / 용기
청빈 / 가난 / 견지(堅持) / 먼 꿈 / 명랑함 / 젊음 / 공평 / 자유 / 쟁취 / 가라앉힘
냉철함 / 강함 / 수용 / 호감 / 가르침 / 고독 / 타인 행복 / 죽음 / 평온함 사람을 목적함 / 무질서적 다양함

29

오늘 갑자기 무엇을 목표로 살아야 하는지 알고 싶은 사람에게
어느 오후 스쳐지나는 바람이 들려주는 이야기

휴식 / 시간 모우기 / 오류 / 단념 / 돌아보기 / 수정 / 변화 / 단순함 / 정리 / 평온함 / 기다림 / 자유 / 또 다른 탄생 / 냉철한 분노
타인을 위함 / 감동 주기 / 존중 / 길 찾기 / 나 찾기 / 나 만들기 / 바라지 않음 / 변함없음 / 물러섬 / 자기창조 / 자유 주기 / 나눔
두려워하지 않음 / 세상을 바꿈 / 여유로움 / 현명하지 않음 / 어리석음 / 무향 / 오감 / 고개 숙임 / 깊음 / 탓하지 않음
사람을 움직임 / 나를 봄 / 옅게 화장함 / 다투지 않음 / 낮은 곳에 위치함 / 불평하지 않음 / 너그러움 / 자유를 줌 / 달을 봄 / 강함
/ 눈을 뜸 / 독립 / 멀리 봄 / 나를 바꿈 / 무아 / 개별 의지 / 소탈함 / 다르지 않음 / 동질감 / 멈추지 않음 / 선한 강자 / 행동
한가로움 / 독창성 / 감성 / 자기 통합 / 매일 아침을 얻음 / 따라 하지 않음 / 정진 / 공평 / 선구자 / 행복을 줌 / 기다림 / 인지
의지(意志) / 숭고함 / 감내 / 회귀 인식 / 구별 / 방향 / 평가 / 멈춤 / 순서 / 서두르지 않음 / 드러냄 / 판단 / 시인 / 자전거 / 믿음
신뢰 / 적은 욕심 / 너그러움 / 이행 / 겸허 / 기세 / 작은 깨우침 / 흘려 보냄 / 진실 / 편한 마음 / 득실 / 욕심 줄이기 / 진실
앎 / 걱정하지 않음 / 마음에 두지 않음 / 거절 / 외로움 / 받아들임 / 여행 / 연민 / 실체 / 예비 / 성숙 / 고귀함 / 자숙 / 시선
여정 변경 / 그만두기 / 편안함 / 모르기 / 알기 / 선택 / 거미줄 끊기 / 역설 이해 / 아님 / 오후 산책 / 따뜻함 / 긍정 / 지관(止觀)
비판하지 않음 / 탈바꿈 / 성공 / 같이 감 / 다름 / 동등감 / 실증 / 평범함 이해 / 단정(斷定)하지 않음 / 친구 / 기억 / 수레 타기
시작 / 젊음 / 이해 / 마음 두둑함 / 다시 시작

30

오늘 갑자기 자신의 지식을 깊은 지혜로 바꾸고 싶은 사람에게
어느 오후 스쳐지나는 바람이 들려주는 이야기

미소 / 꿈 찾기 / 가난한 부자 / 많은 것을 봄 / 자기 것을 봄 / 설렘 / 만족 / 감성 / 겸허 / 설득 / 자기를 키움 / 밝음
인간적임 / 돌진 / 표출 / 소년 / 강자 / 오래된 자기 / 잃지 않음 / 약자 / 해독 / 나를 믿게 함 / 안도감 / 납득 / 자기 노출
가식 / 자기 채우기 / 변심 / 자격 / 솔직함 / 나침반 / 감성 / 비웃음 / 탈출 / 감성 확장 / 자존감 / 자존감 버리기
인내심 / 오늘 / 작아짐 / 철퇴 / 자신다움 / 상심 / 호감 / 사람 지향 / 그릇 키우기 / 오래 달리기 / 아침 감성 / 평상심
오랜 경험 만들기 / 약간의 꾸밈 / 그리움 / 직시 / 멀리 가지 않음 / 반론 / 내일 / 존경 / 멋짐 / 감성 휴식 / 미로 탈출
자기 탈출 / 거절 / 자기 불평 / 수긍 / 비난하지 않음 / 원점 / 무심 / 본받음 / 빛음 / 친밀 / 변덕 / 만남 / 인연 / 인지
공정함 / 기분 전환 / 우울 치유 / 시련 / 역동성 / 숭고함 / 운명 / 평정심 / 실패 / 무소유 / 절망 / 결정 / 부동심 / 밝음
절망하지 않음 / 회복 / 지각 / 슬픔 / 굴욕 / 고독 / 즐거움 / 묵언 / 꿈 찾기 / 자기 지배 / 극대 / 허무함 / 가치 기준 / 분리
비상 / 수수함 / 무심 / 투시 / 창작 / 겨울 / 후회 / 신을 자기 편으로 함 / 방향 / 기다림 / 무색 / 균형 / 먼지 / 감내 / 재연
등반 / 희망 / 도피 / 관조 / 진실 / 존재 / 의연함 / 적절함 / 정결함 / 후각 / 기품 / 치유

31

오늘 갑자기 오랜 시간 후 내게 무엇이 남을지 궁금한 사람에게
어느 오후 스쳐지나는 바람이 들려주는 이야기

일상 / 침착함 / 매력 / 유혹 / 멋진 인정 / 내면 / 진화 / 거래 / 자질 / 방향(放香) / 무향 / 빛음 / 지성 / 깊음 / 보존 / 감내
주고받음 / 맞섬 / 무감각 / 냉철함 / 뺄셈 / 덧셈 / 나눗셈 / 곱셈 / 도전 / 현실 / 오늘 / 깨달음 / 부자유 / 자유 사용 / 권리
생각 / 채비 / 자격 / 아우름 / 식별 / 결의 / 외면 / 목적 / 유효기간 연장 / 근원 인식 / 경계 / 분노 / 징벌 / 불손 / 기개 / 공격
비범 / 자태 / 삼감 / 온화함 / 정결 / 실제 달라짐 / 행복을 배움 / 기억 / 합당함 / 기원(起源) / 구충 / 일임(一任) / 불신
분별 / 자리 낮추기 / 우울 치료 / 복원 / 손익 / 점등 / 담력 / 깨어남 / 평범 / 회복 / 자존감 / 공유 / 증여 / 부자
바라지 않음 / 자족 / 쌓기 / 명예 / 의욕 / 역할 / 자격 / 자기 발견 / 개별의지 / 독립 / 자립 / 인간다움 / 배신하지 않음
만족 / 인지 / 용기 / 선악 / 용서 / 군셈 / 염치 / 사람의 행복 / 부족 수긍 / 평상심 / 구제 / 길을 찾음 / 자기 창조 / 묶음
속도 맞춤 / 비슷함 / 발견 / 동류 / 무중력 / 조색(調色) / 선함 / 결행 / 가린 것을 거둠 / 무념 / 회귀(回歸) / 문제 / 실재
온화함 / 역경 / 진화 / 벗어남 / 대상 창조 / 자각 / 수수함 / 눈사람 / 납득 / 무익 / 개별 행복 / 무난함 / 자존 / 오만 / 책
기백 / 파괴 / 평온 / 묵언 / 나 / 탈출 / 순서 / 소설 / 사소함 / 지혜 / 자유 / 손익 계산 / 우정 / 생명 무차별 / 공평 / 정체
인간적임 / 내실 / 존경 / 어른 / 후퇴 / 악마의 꿈 / 더 수월함 / 자존감 / 공평 / 권리 / 동질감 / 배우고 익힘 / 냉철함
비슷함 / 가장하지 않음 / 함께함 / 선함 / 결의 / 용서 / 필연 / 타인 지향 / 점잖지 않음 / 복종 / 경작 / 부자유
행복한 목표 / 의지 / 산책 / 저항 / 탁월함 / 지성 / 목표 수정 / 인지 / 올바름 / 독립 / 거부 / 활용 / 달관 / 성공 / 교만
부자 / 궤적 / 결정 / 행복한 죽음 / 무아 / 마중 / 기억 만들기 / 몰두 / 마음 먹기 / 준비 / 둘러맴 / 마무리 / 삶

오늘, 사랑에 빠져 가슴 설레는 사람에게
어느 오후 스쳐지나는 바람이 들려주는 이야기

개정판 ‖ 2021년 5월 1일
지은이 ‖ 프리드리히
펴낸곳 ‖ 지성과문학
팩스 ‖ 031-935-0520
가격 ‖ 15,000원

ISBN 978-89-98392-52-9 (03810)

오늘, 사랑에 빠져 가슴 설레는 사람에게
어느 오후 스쳐지나는 바람이 들려주는 이야기

오늘의 사랑을 영원히 지키고 싶은 사람을 위한 책